Árboles

Lemniscates

Ediciones Ekaré

Los árboles duermen en invierno.

Y se despiertan en primavera.

Dan sus frutos en verano.

Y en otoño pierden sus hojas.

Los árboles tienen la cabeza en las nubes.

Y los pies en el suelo.

Los árboles se comunican por las raíces y se ayudan entre ellos.

Unos viven en tierra árida.
Otros, cerca del río.

Algunos, en las alturas...
Otros, más abajo.
Cada cual según su suerte.

Los árboles no pueden cambiar de lugar,

son pacientes y aprenden a vivir en cualquier sitio.

Los árboles son la casa de algunos.

Y dan sombra a todos por igual.

Los árboles limpian el aire que respiramos.

Y nos regalan sus semillas en cada fruto.

Los árboles son seres maravillosos.

EDICIONES
ekaré

Edición a cargo de Carmen Diana Dearden
Diseño y dirección de arte: Irene Savino

© 2015 Lemniscates, texto e ilustraciones
© 2015 Ediciones Ekaré

Todos los derechos reservados

Av. Luis Roche, Edif. Banco del Libro, Altamira Sur, Caracas 1060, Venezuela

C/ Sant Agustí, 6, bajos, 08012 Barcelona, España

www.ekare.com

ISBN 978-84-944050-4-4
Depósito legal B.14282.2015

Impreso en China por RRD APSL